태극기 전성시대

수우당 동인지선 003

태극기 전성시대

초판발행일 | 2021년 10월 30일

지은이 | 객토문학 동인
펴낸곳 | 도서출판 수우당
펴낸이 | 서정모
주　소 | 51516 창원시 성산구 외동반림로 126번길 50
전　화 | 055-263-7365
팩　스 | 055-283-8365
이메일 | dlp1482@hanmail.net
출판등록 | 제567-2018-7호(2018.2.12)

ISBN 979-11-91906-02-8-03810

값 10,000원

＊시집은 2021년 경상남도, 경남문화예술진흥원의 문화예술지원금을
　보조받아 제작되었습니다.

객토문학 동인 제17집

태극기 전성시대

김성대 노민영 박덕선 배재운 이규석
이상호 정은호 최상해 표성배 허영옥

수우당

17집을 내며

　국기는 국가의 상징이다. 국가를 상징하는 국기는 국민의 행복과 불행 앞에 늘 서 있다. 그래서 국민이 행복하면 국기는 행복하고 국민이 불행하면 국기도 불행하다. 특히 불행한 역사를 겪은 나라치고 국민과 국기가 불행하지 않은 예가 없다.

　국기가 '애국'만을 강요할 때 애국의 도구가 된다. 국민을 국가의 도구로 전락시키는데 국기가 앞장선 예는 한없이 많다. 멀리 가지 않더라도 독재자들이 국가라는 이름 앞에 국기를 내세우고 국민을 도구로 취급한 역사가 우리 안에 있다, 어쩌면 아직도 진행 중인지 모른다.

　우리는 '애국과 저항'으로 상징된 태극기를 품고 있다. 외세로부터의 침략을 극복할 때, 권력의 독점에서 벗어나고자 할 때, 태극기는 빛났다. 이 상징의 대열에 앞장서 국기가 제자리에 섰을 때, 그 나라 국민은 행복을 누릴 기회를 가지게 되고, '자유와 행복의 상징'으로 거듭나게 된다.

　오늘날 대한민국을 상징하는 태극기가 '저항과 애국의 상징'에서 '자유와 행복의 상징'으로 국민 속에 성큼 다가서기를 바라본다. 그것이 진정한 국기의 상징이라 믿기 때문이다. 하지만 태극기가 국민의 행복이 아니라 권력의 도구가 되었던 저

암울했던 독재 시대를 떠올리게 하는 왜곡된 저항과 애국, 왜곡된 자유 앞에 서 있는 저 광장의 태극기가 국민을 불행하게 만든다.

그래서, 저항과 애국의 상징인 태극기를 왜곡하는 저 광장의 태극기 부대가 흔드는 태극기와 성조기와 일장기 앞에 분노하지 않을 수 없다. 그런 마음을 모아 태극기의 진정한 상징은 무엇이며 어디에 있는지, 훼손된 태극기의 의미를 제대로 찾고자 동인 모두가 이번 동인지에 마음을 모았다. 이런 기회를 통해 국가를 상징하는 국기가 가진 진정한 의미를 되새겨본다.

2021년 10월 객토문학 동인

차 례

제1부

모두의 태극기

제2부

시에 빠지다

제3부

휘날리는 태극기는 우리의 표상이다

제 1부

모두의 태극기

태극기 부대가 다 죽었다

공수부대 계엄군 물러가라며 광주 시민들이 금남로에서 흔든 태극기를

전두환 살인마에 맞서 자신을 지키기 위해 조직된 시민군들이 든 태극기를

광주민주항쟁 때 거룩한 주검들 위에 덮인 태극기를

다 죽었다

박근혜 탄핵 무효를 외치다 박근혜 석방을 외치는 태극기 부대가

태극기를 다 죽였다

국기 아래서 나는 죽으리

섬뜩하게도 일장기 아래 목숨 바치겠다는
'국기 아래서 나는 죽으리' 라는 영화는
작사가 김건*이 주인공 배우로 나와
내선일체의 정신을 고스란히 보여준다
일본제국에 충성을 다하겠다는 것이다

김초향이 된 김건은 해방 뒤에
1940년대 만주 독립군들의 의기를 다지는
노랫말을 만들고
조국이 둘이 있을 수 없다며
'달도 하나 해도 하나 사랑도 하나' 노래도 작사한다

손수 일장기를 만들어 마을 사람들에게 나누어주며
신사 참배에 앞장섰던 영화의 주인공이
해방 후 국기를 태극기로 바꾸고는
내 나라와 내 동포를 노래한다

반성문도 하나 없이
슬며시 태극기를 들고는

지금은 광화문광장에서

태극기를 흔들어댄다

*김건은 '신체제에 부응한 일제의 문화정책 수행'을 적극적으로 주장하는가
하면, 조선연극문화협회 성지참배단(聖地參拜團)의 일원으로 일본을 방문
하기도 했다. 또한 1943년 10월에 개최된 제2회 연극 경연대회에서는 「신
곡제(新穀祭)」라는 출품작을 통해 식량 증산과 공군 지원병을 적극적으로
선전하기도 한다. 그 행적으로 2009년 친일인명사전에 올랐다. 해방 후
애국적 가요로 알려진 '달도 하나 해도 하나', '방향의 사나이', '해 같은
내 마음', '훑겨본 삼팔선' 등의 노래를 작사한다.

태극기는 함부로 흔들리지 않는다

병탄 된 조국을 회복할 때도
전사들이 전장에 한 몸 기꺼이 산화할 때도
열사들이 항쟁의 거리에 질규하며 쓰러질 때도
태극기는 수호신이 되었다

아직도 홀로서지 못하는 나라
통일을 이루지 못하는 민족
수구에 걸린 절름발이 민주공화국

누가 음양의 조화를 깨고
균형의 질서를 왜곡하기 위해
감히 태극기를 앞세우는가

조국을 잃고
조국을 그리워 해본 적 없어도
이 나라 구석구석
핏덩이로 지켜낸 전투를 보지 않았어도
사람답게 사는 세상을 위해
반드시 기억해야 한다

태극기는 국가의 이상이 깃들어 있고
국민의 영혼이 깃들었다는 것을

유산

최루탄 가스를 마시며 연애를 하다
기쁘게 얻은 딸아이
초등학교에 입학하던 해, 3월 1일
네 살 바기 남동생 손을 꼭 잡고
대문에 태극기를 걸게 했다

가슴에 손을 얹고 애국가를 부르고
애국가를 부를 때는 힘차게 당당하게
눈치 보고 기죽지 않아야 한다고 일렀다

나는 속으로 외쳤다
그래, 마음껏 불러라
힘차게 불러라 당당하게 불러라
어디를 가든 어디에 있든
아버지와 어머니 딸과 아들 가족처럼
한 핏줄은 손을 꼭 잡아야 한다고

조국 강토를 빼앗겼을 때도
독재자의 군홧발에 오늘이 짓밟힐 때도

조국의 독립과 민주화를 위해

두 눈 시퍼렇게 뜨고

건너온 지난 시간을 잊지 말자고

태극기가 무섭다

휘날리는 태극기는 우리들의 표상이다
힘차게 약진하는 우리 대한민국이다

초등학교 4학년 어린 소녀가
울먹이며 가슴에 손을 얹던 맹세

총탄으로 쓰러진 독립운동가의
가슴에 품었던 태극기, 그 앞의 맹세

올림픽 금메달 수상식장에 울려 퍼지던
애국가 가슴에 빛나던 태극기
전 국민의 가슴속에서 뜨거웠던
우리들의 표상

이

백주대낮 광화문 광장 한복판에서
욱일기와 함께 왈칵왈칵 오욕을 토하는
너희들의 표상이라니

가슴에나 이마에나
태극기를 두른 사람들이 무섭다
이게 다 무슨 일이냐?

이천 년 광복절에

페북 프로필 창에 태극기가 달렸다.
피하자 무서운 사람이다.
이마에 태극 띠를 두른 목사가
하느님이 보우하사 우리나라 만세~
"하나님, 당신은 죽었어!"
태극기를 휘휘 흔들어 댄다

여기저기서 나무들이 쿵쿵 쓰러진다
광화문 광장의 이순신 장군 부릅뜬 눈에
핏발이 선다.

무우궁화 사암천리 화려가앙산~
무궁할 줄 알았던 꽃들이 뭉개진다.
태극 소복을 입은 여인네들이 광장을 뛰며 솟으며
저들의 광복이라고 욱일기를 흔든다

　유대인의 국기도 따라 출렁이고 성조기는 국기 봉을 넘
어선다
　광장 바닥에 피 흘리며 쓰러진 태극기

대한 사람 대하안으로 길이 보전하세~

하나님도 울고, 예수님도 길을 잃고
아미다라까 오미까미 벌건 해를 물고
깃발을 꽂는다

아가야
조기를 달자
사철 내내 추모하자 우리 태극기

2021 광복절

반공이란 깃발 뒤에 숨은 친일파의
방패가 되어주고
친일 독재자의 칭이 되이
애국지사와 민중을 탄압하기도 했던 태극기

삼천리 방방곡곡에서
두만강 너머 만주 벌판에서
일제의 총칼과 싸우던 그때
이 나라 민중과
이름 없이 죽어간 영웅들을 위하며
창도 방패도 되어주지 못한 태극기

오로지 일제의 표적 되어
희생만 요구했던
사랑과 원망 피와 눈물로 얼룩진 태극기
오늘 태극기를 단다
피와 눈물 원망은 모두 지우고
오직 사랑만 남은 자랑스러운 태극기를 단다

애국선열들과

이름 없는 영웅들의 거룩한 희생을 바탕으로 일군

선진 대한민국으로

홍범도 장군이 돌아오신 이 광복절에

착시

명나라군 지휘를 따라야 했던
조선 병사의 깃발이

일장기를 앞세우고
천왕 만세를 부르던 친일파의 아첨 행렬이

수천수만
태극기를 흔들며

졸졸졸 성조기를 따르며
대한민국 만세를 부르는 광화문광장

경례

독도의 역사 당당하게 지키고 있는
태극기 앞에 서면
역사를 왜곡시켜 자기네 땅이라고
버젓이 교과서에도 올리며
호시탐탐 기회만 엿보는
욱일기 앞세운 미친 망나니 나라
이 땅 국민의 한 사람으로
보란 듯이
손이 파르르 떨리도록
척
거수경례를 해야겠다

바람에 태극기는

태극기는
바람을 거부하지 않는다

광화문 광장으로 몰고 온
태극기 아줌마부대 바람 속에
식민지 상처 아직도 남아있는 일장기
통일의 물꼬를 막고 있는 성조기
태극기와 같이 흔드는 행위들 보면서

식민지 시대 때
6 · 25전쟁 때
나라에 몸 바친 순국선열들 위해
가슴으로 품는 태극기의 자존심
그 자존심마저 짓밟는 사람들

민족을 배반하고
민족 정체성을 무너트리는
적폐 꼰대들 털어내려
태극기는 바람을 피하지 않고

바람에 태극기는

강하게 펄럭일 줄 아는 민심이다

저 태극기에는

무학산 꼭대기에,
북한산 백운대에
태극기가 펄럭이는 깃을 보았습니다

무슨 까닭일까요?

내 마음에는
금정산 고단봉에도,
무등산 서석대에도,
태극기가 펄럭이면 좋겠습니다

저 태극기에는
3·1 만세운동이 있습니다
3·15 의거가 있습니다
4·19 혁명이 있습니다
부마 민주항쟁이 있습니다
5·18 민주화 운동이 있습니다
6월 민주항쟁이 있습니다
촛불혁명이 있습니다

불의와 맞서 싸운,

정의와 평화

대한민국 국민의 자존이 있습니다

5 · 18 태극기

광주시민의 숭고한 피로 물든 태극기
순수와 조화의 태극기
야만적 군부독재기 자행한 학살
무고한 양민의 죽음
생지옥을 이겨낸
민주주의를 지켜낸
5 · 18 영령들을 감싸 안은 태극기

지금 미얀마에도 무고한 양민들이 학살되고 있다

사십 년 세월을 건너
5 · 18 태극기가 응원을 전한다

끝까지 싸우라고
끝까지 지키라고

미얀마 국기가 갖는 초록색에도
태극기가 갖는 청홍색 의미처럼
평화와 조화 자연의 풍요로움을 상징한다고

지금 미얀마 국민들도

민주주의를 지키고

국가권력의 주체는 국민에게서 나온다는 걸

야만적 군부독재를 향해 보여주고 지키려는 것이다

그 속에 산다

태극기를 그려 보자며
스케치북과 크레파스를 내놓았던
그는 대극기 속에 산다
처음 소박한 마음으로
태극기만을 우러렀던 그가
성조기와 일장기와 태극기를 나란히 놓고는
세계는 하나라고 강변하기 시작했다
태극기 외에 모든 국기는 적이라며
바락바락 악을 쓸 때도
성조기와 일장기는 예외였다
어릴 때 부동자세로 태극기 속으로 들어갔던
그는 끝내 태극기 속에서
확장된 세계관이 태극기를 넘어서게 했다
누구보다 태극기를 잘 그렸고
누구보다 태극기를 소중하게 생각했고
누구보다 태극기를 떠받들었던 그였기에
성조기와 일장기로 교세를 확장하여
태극기 부대를 창설했다
태극기 부대를 앞세우면

대통령보다 더 무서운 검사도 경찰도
무서운 것이 없었다 심지어
하나님 아버지도 자기 앞에 죽는다며
굳게 주먹을 쥐어 보이던
그는 끝내 태극기 속에 산다
태극기 속에서 성조기를
태극기 속에서 일장기를 흔들며
신앙이 된 태극기 부대 부대장은
코로나로 세상이 주검으로 넘쳐도
코로나쯤이야
까딱없다는 그는
자기를 따르는 무리를 이끌고
오늘도 태극기 속에 집을 짓고 있다

광장의 신앙

2020년 광장은 바쁘다
광장의 사람들 머리 위에
대극기와 성조기가 펄럭인다
덧칠한 화장 두께 속에 숨어 있는
민낯 같은 그림자로 꽉 채워진
광장의 하루가 어둡다
해 뜨는 쪽으로 쉬지 않고 걸어도
정 동쪽 나루터에 닿지 못하는 것은
내일이 불확실하기 때문이라 말하지만
사실 광장에는 해가 뜨지 않기 때문이다
알 수 없고 알려고도 하지 않는
광장에는 어둠의 무게에 짓눌린 바람에
태극기가 축축하게 젖고 있다
태극기로 된 옷을 입고
태극기로 된 이불을 덮고
태극기로 된 밥을 먹는 광장의 사람들은
처음부터 광장에는
문이 없다는 것을 모른다

태극기가 눈에 밟힌다

부쩍 태극기가 눈에 밟힌다
1907년 만국 평화회의가 열렸던
네덜란드 헤이그 호텔 융(jong)에 펄럭이던 태극기
1919년 3월 1일 일본제국주의에 맞서
온 나라 백성이 하나 되어 독립만세를 외쳤던 태극기
1980년 5월 18일 광주에서
신군부퇴진과 계엄령철폐를 요구하며
계엄군의 무력진압에 맞서 죽음으로 맞섰던 태극기
1987년 호헌철폐 독재 타도를 외치며
짱돌과 화염병과 곤봉과 닭장차와 마주했던 태극기
2002년 아시아에서 처음 열렸던 월드컵
역사상 처음으로 두 개 이상 나라에서 개최되고
대한민국이 4강에 진출하는 이변을 만들며 하나가 된 태
극기
태극기는 몸이고 정신이고 나라고 민족이었던
그런 태극기가 꿈엔 듯 생시인 듯 눈에 선하다

태극기가 눈에 밟힌다
친목 단체 상조회로 유명한 재향군인회나

봉고차에 붙은 확성기 속 자유총연맹이나
검은 안경에 군복에 새긴 고엽제전우회나
지역마다 자리 잡고 있는 해병내 컨테이너나
어머니 고생 끝났어요– 소박하게 외치던
올림픽에서나 보던, 그런 태극기가 아니라
광장에 나타난 태극기 부대가 눈을 찌른다
태극기 부대하면 태극기로 무장한 군인인 줄 알았는데
태극기가 가진 호국도 나라 사랑 마음도 없이
오직 니편 내편을 갈라치기 하는 태극기 부대
민족의 자존심도 성조기 일장기 아래 깔아뭉개고
민주주의도 통일도 심지어 상식마저 쪼아버리는
태극기 부대 그들이 내세우는 태극기가
꿈엔 듯 생시인 듯 눈을 찌른다

태극기가 나라 사랑을 상징한다 하지만
태극기가 민족의 정체성을 상징한다 하지만
태극기가 증오를 낳게 만들고
태극기가 벽을 만들고
태극기가 피를 부르기도 한다는 걸 오늘에야 알았네

일제강점기 때 나라 사랑과

해방공간에서 나라 사랑과

한국전쟁 이후 나라 사랑과

독재자들이 판을 치던 때 나라 사랑과

87년 민주화운동 이후 나라 사랑이

어찌 같을 수 있을까 마는

광장을 차지한 태극기 부대는 어느 나라 사람인가

그들이 사랑하는 나라 사랑은 어떤 나라인가

누구의 나라 사랑인가

어느 민족의 나라 사랑인가

태극기는 태극기만으로 아름답고 거룩한데

그런 태극기가 눈에 밟힌다

마음의 꽃*

국기를 지나치게 엄숙하게 대하다 보면
독재 시대가 떠오르잖아요
태극기는 진영을 상징하는 깃빌이 아니에요
그저 동료 시민을 위해 어떤 방식으로든
몸을 던진 사람들을 향한 존경과 감사의 표시가
각인된 태극기입니다
태극기 하면 태극기 부대를 생각하고
태극기 하면 전체주의 사고를 생각하지만,
40년 가까이 봉사를 하다 보니
희생정신이 뭔지 다시 돌아보게 돼요
모두를 위해 희생한 독립 열사
민주화 열사
무명 용사들을 기억하는 마음으로
태극기를 답니다
5대 국경일과 현충일 국군의 날
특히 3.15의거 기념일은 빼놓지 않는다는
김철수 박정숙 부부는
갈수록 태극기를 고리타분하게 생각하는
분위기가 못 내 아쉬울 따름이다

태극기 부대를 향한 반감도 있겠지만
태극기는 사상의 문제가 아니라
잊어서는 안 될 것들을 잊히지 않게 하는 것
이것이 진정한 태극기 모습이라며,
매번 태극기를 제시간에 걸고 내리고
씻고 말리고 다림질하는
이 시간만큼은 누구 못지않게
엄숙해진다며 내내 진지하시다

*2021년 3월 22일 경남도민일보에 "태극기 펄럭이는 골목길 6년째 우리 손으로"라는 기사에서 박정숙 씨는 태극기를 '마음의 꽃'이라 부르고 있다.

태극기의 염원

하늘 땅 물불
음양의 조화 품은 태극은
처음부터 한 몸

강대국 이념에
갈가리 찢어진 강토
살을 찢는 포성 소리
아픔의 쇠사슬 허리에 박고
온전한 한 걸음 떼지 못하는
반신불수의 땅이 된 지 70년

빨강 파란 태극은
남도 북도 하늘도 땅도
산도 바다도 함께 어우러져
하나라는 핏줄의 신화 위에
대륙을 호령하고
파도를 가라앉혔던 조상의 지혜를 담아

푸른 하늘에

다시 힘차게 펄럭여야 할
태극기

힘차게 펄럭이고 싶은 태극기

하늘 높이 매달려
동서남북 불어치는 바람에
이느 한 곳 만만한 곳 없어
힘차게 펄럭이지도 못하는
태극기

한 세기 가까이 외친 통일도
이웃이라, 우방이라 자처하는 외세의
자국 이익 앞세운 큰바람 앞에
한시도 편안한 적 없는
태극기

일제강점기 36년 동안에도
한국전쟁 통에도
독재의 억압 앞에서도
떳떳하게 지켜온 민족의 자존
자랑스러운 한민족 표상으로
이제는 힘차게 펄럭이고 싶은
태극기

제 2 부

시에 빠지다

아버지와 딸

고등학교 삼학년 딸이 봄방학이라고 기숙사에서 나와 함께 삽니다 보통 때에는 딸이 핀잔도 많이 주는데 요즘은 전혀 그렇지 않습니다 코딱지만 한 방에서 함께 자고 같이 먹고 조곤조곤 이야기도 하기 때문인 것 같습니다 나는 늘 국 끓이고 밥하고 감자 볶고 호박에 달걀 풀어서 호박전을 만들기도 합니다 독서실에서 돌아온 딸에게 먼저 맛보라 하면 참 맛있다 합니다 딸아이 밥하고 반찬 해주는 재미가 쏠쏠합니다 아침에 함께 나가고 밤에 함께 돌아오며 나누는 이야기 맛도 진합니다 내일은 함께 걸으며 밤하늘도 슬쩍 올려다볼까 합니다 오늘은 밤이 깊어 가는데 딸은 수학 공부하고 나는 나태주의 너의 햇볕에 마음을 말린다 시를 읽고 있습니다 눈꺼풀이 자꾸 감기네요 내일 아침에 먹을 밥물 끓는 소리는 구수하고 김이 피어오릅니다 내일은 무슨 반찬 할까 즐거운 생각을 하다 잠이 들었습니다 꿈속에서도 아침에는 함께 걸으며 메밀 짜장면 먹은 이야기를 할까 합니다 짜장면이 이천 원인데 왜 이렇게 싼지요 배고픈 사람들이 싼 맛에 쉽게 드나들었으면 좋겠어요 주인장과 나눈 살맛 나는 세상 이야기를 들려주려 합니다

아무 말도 하지 않았다

L 상사가 50% 지분을 가진 P 로직스가 L 전자 창원공장 물류를 총괄하고 있는데, 그 하청에서 일하는 노동자가 직장 내 괴롭힘과 내부 비리와 산업재해 은폐를 고발했다고 해고하였다 해고는 계약 기간이 남은 하청업체를 들어내고 새 업체를 만드는 방식으로 번개같이 이루어졌다 원청 P 로직스가 채용 면접을 해서 하청 소속 노동자 63명 가운데 62명을 재고용하였다

내부 고발자는 직장 괴롭힘을 당해 업무상 질병으로 산업재해 승인까지 받았지만, 길거리로 쫓겨났다 고발자 한 명을 들어내기 위해 위장 폐업을 하고는 새 하청업체를 만든 것이다 L 은 직장 괴롭힘으로 신고하고 내부 비리를 L 에 알리면 혼자만 해고당한다는 철의 법칙을 만들었으며, 노동자를 길들이고 노예로 만드는 법을 잘 알고 있었지만 62명은 아무 말도 하지 않았다*

*마르틴 니묄러(1892~1984)의 「나치가 그들을 덮쳤을 때」 중에서 가져다 씀

전투 콜

　부당한 수수료를 낮추라 요구했다고 한 여성 노동자 콜
을 잠가버렸다 십칠 년 오직 대리운전 일을 하면서 밤을
낮처럼 달빛과 함께 살아왔는데 "넌 이 바닥에서 일할 수
없어" 대리운전 업체들은 갑질을 넘어 일터를 빼앗고 생존
의 목숨 줄도 앗아갔다

　합차비에 프로그램 사용료에 보험에 높은 수수료까지 떼
고 나면 한 푼이라도 아끼려 비가 쏟아지는 날에도 뛰고
뛰어야 하는 대리운전 노동자들, 가로등도 없는 밤길을 걸
을 때는 두렵기도 하지만, 그들은 오늘도 일터로 돌아오지
못하는 동료를 위해 전투 콜을 탄다

---

*전투 콜이란 해고자와 대리운전 노조의 부족한 재정 마련을 위해 하루
수익을 모두 노조 재정에 기부하는 것. 수수료, 콜비는 콜센터가 기사에
게 요금의 20~30%를 징수해 가는 것이며, 합차비는 대리운전 기사들이
공동 이용하는 차량 이용료로 출근을 하지 않아도 강제 징수한다.

재난지역으로 선포하라

해고는 한 사람 목숨 줄을 끊는 것이 아니다
온 가족이 재난(災難)을 당하는 일이다
하물며, 한 사람이 아니라 수십 명 수백 명이 해고되었
다면
재난이 아니라 참사(慘事)다

한국산켄
경남에너지
한국머신툴스
대우조선해양
에이스 대리운전
CJ대한통운에

대통령은 즉각 재난지역으로 선포하라

개무시

산업재해로 죽어가는 노동자
해마다 2천이 넘는데
중대재해기업처벌법 빨리 만들라는
노동자 민심을
국회의원들은 개무시

코로나 19에 교회 목사들
방역수칙 개무시
사랑을 퍼뜨리지 않고
코로나 19를 널리 퍼지게 만들며
하나님 말씀까지 개무시

코로나 19 국가 재난에
의사들 파업이라니
진료 거부에 죽어가는 사람들
히포크라테스 선서는 개무시

국민의 생명과 안전마저 개무시
먹잇감을 쫓아 두 눈만 번뜩이는

매화꽃 필 무렵

산비탈
어쩌다 뿌리를 내렸는지
칙칙한 거울짐 숲속
혼자
가녀린 가지 만발한 매화가 안쓰럽다.

마지막 설을 쇠고
정든 곳을 떠나며 살얼음 눈물 흘리던
질부
버둥대던 빚진 삶 다 청산하고
타지 두 살림 떨어져 있던 남편에게로
어린 남매를 데리고 갔다.

다시 월세부터 시작하기로 한 살림
이제는
벼랑이어도 뿌리를 내려야 한다.

아무리 살아도 오지 않는 그 봄
추위를 무릅쓰고 기어이 피듯

인고의 향 그윽하게
화사한 매화로 피면 좋겠다.

꽃길

가던 길을 멈추고
길 꽃을 바라보며
당신을 생각힙니다.

아무리 먼 길이라도
지치지 않는 내게
당신은 꽃입니다.

깻단

다리 넷으로 부둥켜안고 지탱하며
땡볕에 바싹 말리고 섰다.

한 보름 밤낮으로 말라 촘촘하게 달린 씨방에
깨가 여물어 달그락달그락 소리를 내면
깻단을 거꾸로 들고 나무막대기로 때릴 때마다
차르르 차르르 깨가 수북이 쏟아진다.

나 혼자 벌이에 힘을 보탠다고
맞벌이를 나선 아내
주, 야근 일터에서 바싹바싹 말랐던지
집에 오면 날마다 신음소리다.

세월을 거꾸로 산다고 달그락거릴 때마다
가슴에 회초리 자국이 생긴다.

우리도 부둥켜안고 살다 보면
깨가 쏟아지는 날이 오겠지

요시코의 하루

그제는 달랑 둘이서 요양보호사 야근을 하고
오늘은 휴일 조리사 대신 식당일을 하느라
혼자
요양원 어르신과 식구들이 먹을
삼시 세끼 밥을 하고 반찬을 만들고 죽을 끓인다.

맛이 있을지 간이 맞을지 식지 않을까
맛을 보고 또 보고 불 조절에 신경이 곤두선다.

타국의 입맛을 가늠하며
그것도 집밥의 열 배나 되는 식단을 만드는 일
처음도 그랬지만 날이 갈수록 힘에 부친다.

내일도 휴일자 연차자 야근자 빼고 나면
법정 인원의 두 배의 어르신을 수발한다.

허리에 생긴 고질병이 만성이 되어도
함께 힘든 동료들에게 짐을 지울 수 없어
며칠 쉬고 싶다는 말을 참고 또 참는다.

몸은 전보다 더 수척하지만 언제나 밝고 씩씩한
요시코
이제는 가슴에 든든한 사직서를 품고 일을 한다.

산길

혼자 산길을 걷다 보면
얽히고설킨 길을 걷느라
그동안 부서지고 흩날렸던 날들이 눈에 밟힌나.

산다고 접어두었던 싹들이
솟아오른다고 가슴이 두근거리는 봄날
걸어야 하는 길 보다 가고 싶은 길을 걷다 보면
감춰진 뿌리가 숲속에 실컷 발을 뻗고
정상에 오르는 길을 깨닫는다.

산길은
꼭 그 길이 아니어도
나 혼자 내 마음대로
내 가고 싶은 대로 걸을 수 있는 길을 일러준다.

아재비들

텃밭에 쑥갓을 심었더니
태양이 무더기로 피었더라
어라
이랑마다 별들이 솟네

태양 빛 짙을수록
별꽃아재비 은하수로 피어나네

미나리아재비, 쇠채아재비, 만수국아재비...
아재비들이 별처럼 피어나 무리 짓는 이유
밤이 깊을수록 쫓아오는 새벽을 알기 때문
주류가 될 수 없는 아재비들

아무리 뽑아봐라
별들이 빛을 포기한 적 있나?

밥상

아무도 내게 밥을 달라고 요구하지 않자
나는 부엌에서 살기 시작했다.

밥상에 윤기가 흘렀다
밥을 해먹이기 시작했다
누구나 와서 숟가락 걸치고 앉는
맨손의 밥상 엄마의 그 밥상

내 밥상을 기다리며 투정 부리던 아이들은
떠나고 밥상의 그리움 잊은 지 오래
남편은 내 밥상의 밥이 낯설어
시장 반찬가게를 더 찾는데

이제사 나는 쉼 없이 밥상을 차린다.
고양이도 앉을 밥상
파리도 앉을 밥상

비로소 살림의 밥상
내 손의 온기로 간을 맞춘

내 밥상을 차린다.

누구든 와서 자셔도 좋을

엄마의 여름

아고고 하늘이 밤을 안 만들었으면
우찌 살았을꼬
밤만큼 큰 위로가 없다

산기슭 외딴방에
여명이 방문 쓰다듬을 때까지
하릴없이 별을 따던 나는
새벽이 반갑다

여명이 밝아오자 엄마는 새벽별을 따고
딸은 비로소 꿈에 빠진다.

딸은 산기슭 창에 불을 켜두고
엄마는 산 아래서 창을 열어두고
서로 마주 보며 안부를 전한다.

산밭 둑에 심어둔
오이 몇 개 방 앞에 두고
길고 길 하루를 시작한다.

밤이 될 때까지
엄마는 삶을 살고
나는 졸린 시를 산다.

징검다리

밤새 이 돌과 저 돌 사이에서 건너뛰기를 한다.
캄캄한 물길
바닥은 희미하게 흐르고
눈앞이 너의 땅인데 돌 하나를 넘을 수 없어
난감하다.

슬쩍 지려 밟으니 물웅덩인지 꿀렁, 위험천만
휘청이는 몸을 다독이며 마지막 징검돌 앞에서
길을 잃었다

저 돌을 돌아갈 수는 없을까
차라리 저 물길에 발목을 묻고 주저앉아 버릴까
건너온 길은 더 아득하다

도산, 부도, 개인파산....
두 직원의 안방과 아이들의 공부방이 물길 아래 어른거
린다.
산 아래 늙은 부모의 뒤창은 아직도 환하다
큰 공장에서 홀로 잠든 딸 무서워하지 말라고 켜둔 등대

다

　늙은 아버지는 나의 창에 불빛이 꺼지면 혼자 우신단다.
　엄마는 노망이라고 혀를 차며 관세음보살님을 찾았다는
데
　마지막 징검돌은 이내 소스라치며 내 발끝을 붙든다.

　돌 하나와 돌 사이에서 요단강이 흐르고
　저편 언덕은 에덴이다

살아 있다는 것

삶과 죽음은 베개 위에
들숨을 놓고 날숨은 잃어버리는 일

몇 개의 베개를 갈아치우며
아침을 일으켜 세웠을까?

낡은 베개 하나 의지하고
들숨을 몰아쉬던 어머니
목젖 아래서 마지막 날숨을 놓으시며
비비새가 되셨다

살아 있음의 지극한 가벼움과
죽음으로 가는 찰나적 무거움 사이에서
평생을 버텨내며 삶은 더 위대하다

하루 벌이

풀 베는 기계 소리 잠잠해지자
노랑나비 한 마리
개망초꽃 위에서 날개를 접었다

하루 치 양식을 구하려
넓은 도로를 건너
왔다가 갔다가
이 여린 날개로 너도 참 힘들겠다

물 한 모금 마시고
하늘을 본다
일당 채우려면 아직 멀었다

전지가위

가위질 몇 번에
손바닥에 물집이 잡혔다

단짝이 되려면
굳은살이 박이도록
티격태격
좀 오래 걸리겠다

꿀맛

노가다에도 자격증이 필요한 시대
일당벌이 취직을 위해
바늘구멍 통과를 소망하며 찾은 독서실
환갑을 넘긴 나이가 쑥스러워
열공하는 어린 학생들과 청년들 틈에서
살금살금

때도 잊고
입맛도 잃었는데
휴게실 유리창 너머로 펼쳐진
허연 쌀밥과 푸짐한 반찬들
꿀꺽꿀꺽
청춘들의 꿀맛 같은 소리에

왈칵 찾아온 허기
오늘 점심은 나도 꿀맛이겠다

오답 노트

예순이 넘어 도전하는
기능사시험

난생처음 인터넷 강의도 듣고
연습장이 까맣게 매달렸지만
잡히는 건
배배 꼬인 문제들

콩콩거리는 가슴 다독이고
다시 풀어도

이 나이쯤 되면
알 만큼 다 안다고 큰소리친
쑥스럽고 간지러운 낱말들만
답안지 위에 어지럽네

반성

내가 찬 것일까
돌부리에
내가 차인 것일까

한 치의 생각도
찰나의 망설임도 없이
서로 노려보는

익숙한 이 반응

그림그리기

아담한 집 한 채 짓기로 했다

평소 품어왔던 소신대로
화단 텃밭 연못도 만들고
손님 맞을 사랑방도 짓고
벽돌담 대신 꽃나무들로 울을 치며
빠진 것들 점검하고 있는데

지붕이 옛날식이다
대문이 구식이다
창문이 너무 많다
이 무서운 세상
담도 없으니 첨단장비 달아라
집은 유행을 따라야 한다

유행 잘 모르는 내 소신들 향해
아프게 툭툭 던지는 한마디들
뜯어내고 고쳐 넣어
결국 유행 입맛대로 지었는데

아무리 둘러보고 쳐다봐도

내가 살 집이 아닌 감옥 같다

개소리

쇠를 깎는 우리 노동자는 그 쇠붙이가
언제나 생명을 위협하는 무기이다

작업하던 제품이 튀어 왼쪽 눈을 맞고
시멘트 바닥에 쿵 넘어진 사고가 났다
119를 부르고 신속하게 지혈을 한다
지혈을 해도 피는 철철 흐른다
위급한 중상이다
119 기다리던 조급한 마음은
벌써 공장 정문으로 마중 나가 있고

회사 임원들이 왔다
"119 불렀나"
"예 불렀습니다"
"그럼 됐다 가서 일해라"
(동료가 피 흘리며 정신을 잃고 있는데
걱정되어 안절부절 살 떨리고 있는데)

"정년 끝나 먹고살도록 계약직으로

채용해 주었더니 이런 사고나 내고"
(목숨이 위급한 환자 앞에 뭔 개소리
욕을 하고 싶었다 아니
뺨을 때리고 싶었다 아니
인간도 아니라 뱉을 침도 아까웠다)

노동자는 돈 찍어내는 로봇도 아니고
노동자는 소모품이 아닌 사람인 것이다

막차

긴 여운만 남기고
막차가 소리를 물고 떠난 대합실
칙칙한 어둠만 두껍게 깔린다

믿었던 사람들께 배신당했지
가정이 무너졌지
가출할 땐 자신 있었지

몸도 마음도
아직 고장 나지 않았는데
오라는 곳 없고
갈 곳도 자꾸 줄어드는
걱정되는 삶의 무게 앞에
자리 털고 일어서지 못해
다른 막차 선택하고도 싶었지

지워도 지워지지 않는
가슴속 아내와 자식들 생각에
쉬이 잠들 수 없던 사연

세상은 눈 시리게 부신 데
깡 소주로 추위와 싸우고
물로 허기 채워온 나날들
신문지로 아린 상처 가리며
짠하고 돌아갈 준비를 하다

다음 막차엔 꼭 돌아가야지
몇 번째 다짐인지 모른다

열쇠고리

손잡이 달린 문마다 잠금장치
접근금지처럼
급할수록 얼마나 황당해할까

내 가정의 열쇠를 위해
밤늦게까지 일을 할 때도
일요일 출근해 있을 때도

전화가 온다
열쇠를 잃어버려
집에 들어갈 수 없다고
화장실 문이 잠겼다고
뜬금없이 보채는 아내와 아이들
하던 일 멈추고 달려가야만 하는

내 열쇠고리는 무겁지만
식솔들 잔걱정까지 매달고 있어
그 무거움도 즐겁다

어느 가을날

가슴에서 갈증이 인다

하늘은 얄밉도록
선명한 구름 말갛게 드높이 그려놓고
산과 들은 유혹하듯
넉넉해진 색깔로 곱게 화장한
이 환장할 가을
귀뚜리 소리로 타닥타닥 익어 가는데

바싹바싹 타들어 가는
사람 냄새 고픈 것이
시린 허전함에 목마른 나는

고추잠자리 빙빙 맴을 도는 것처럼
눈이 빠지도록 찾고 있는 것이다
목이 길어지도록 부르고 있는 것이다

돌탑

한 이십년 맞벌이 했으니
집 한 채쯤 있어야하고
통장 몇 개쯤은 있어야 하는데
당장 아이들 대학 등록금이 걱정이라는 아내

무슨 소원을 담았는지 모르지만
돌탑에 돌 하나를 올려 놓는다

따라 조그마한 돌 하나 올려놓으며
더도 말고 덜도 말고
지금처럼 가족들 오순도순
웃으며 살 수 있기를

반월산 내려오는 길
아내 손 슬며시 잡으며
무슨 소원 빌었나 물어보니
그냥 웃기만 하는 아내

보호기간

잘 들리지 않는 귀 때문에
잘 보이지 않는 눈 때문에

큰 소리로
큰 몸 짓으로
말을 해야 간단한 말씀만 하시는
김말자 할머니

석 달 보호기간이 끝나가자
말소리는 더 알아듣지 못하고
눈은 더 보이지 않는 단다

내일 모레 보호기간 끝나는데
어디 가실 곳 있는지
누가 모시러 오는지
아무리 큰소리로
물어봐도 통 대답이 없으시다

한 끼를 기다리는 사람들

가톨릭여성회관 앞 무료배식소
오전 11시가 되지 않았는데
벌써 사람들로 북적인다

한 끼 만족을 위해
간혹 내가 먼저 왔니
언성 높고 욕설 오갔던 때도 있었는데

코로나로 인해 얼굴 본지 오래 되었다며
죽지 않고 살았으니 이리 본다며
친구를 만난 듯 악수 대신 주먹을 쑥 내민다

머리가 하얘진다

월요일 아침
허둥지둥 주차장에 가보니 차가 없다
이리저리 급한 마음에 리모컨을 눌러보아도
반응이 없다
머리가 하얘진다

여기저기 빠른 걸음으로 둘러보다
가만히 생각해 봐도
어디다 주차한 것인지 기억이 안 난다

주말에 산행을 다녀온 탓일까
몸보다 마음이 먼저 움직이는 나이 탓일까

살면서 머리 하얘지는 순간이
어디 한두 번이겠냐마는 이런 것이라면
뽑아도 뽑아도 솟는 새치 탓을 해도 되겠다

새하얀 눈길

언제부턴가
아내와 나는 산행 동지로
주말이면 산으로
내가 앞장을 서고
아내는 나란히 아니면 뒤에서 따라오고

오늘은 동네 뒷산을 다녀오잖다

57년 만의 한파가 전국을 강타하고
남부지방에도 눈이 쌓였다

보온물통에
더운물을 넣고
김장김치도 조금 썰고
마트에서 컵라면도 사고
같이 마실 커피도 준비하고
배낭은 내가 짊어지고
산을 오른다

역병만 아니면
멀리 눈 산행을 갔을지도 모르는데
눈 내린 동네 뒷산이라도 오를 수 있어 좋다

아내와 나
마음만은 새하얀 눈길

반야봉을 오른다

오랜 숙제를 한다
백두대간 길에서 조금 벗어나 있는 반야봉
산행 때마다 눈앞에 두고 그냥 지나쳤다

노고단을 지나
임걸령 샘터에서 목을 축이고
노루목에선 노루의 목을 치고 올랐다

저물녘에 올라야 볼 수 있는 반야봉 낙조
염상진, 하대치가[1] 보았다던
그 장관은 해가 중천에 걸렸으니 볼 수 없었다

마구 할멈이 낭군 반야[2]를 위해
나무껍질로 옷을 지었다는
천왕봉이 멀리 동으로 눈에 들어왔다

늦가을 단풍도 떨어지고
살아 천년 죽어 천년을 사는 고사목
잘해야 백 년을 사는 사람들 삶이

그저 찰나에 지나지 않는다고 속삭인다

애착인 줄 알면서도
반야봉 정상 석을 배경으로 사진을 찍는다

*1) 소설 〈태백산맥〉에 나오는 인물. 2) 지리산 전설에 나오는 인물

지리산

마력의 산인지도 모른다
사람들이 홀린 듯 산을 오른다

연초록 새순,
무성한 신록,
붉게 물든 단풍,
새하얀 눈보라
매번 옷을 갈아입고
사람들을 부른다

산길을 따라 걷다 보면
일상의 누더기들 이미 다 사라지고
숨은 차고
헉헉거리며
산정에 올라서게 된다

산과 산,
산맥과 산맥,
겹겹이 이은

백두대간의 끝자락

가끔,
저 산이 한번 다녀가라고 한다

금오산 약사암

아찔한 산이다
정상 현월봉에 올라
아내와 점심밥을 먹으러
하필이면 왜
한 발짝만 내디디면 천 길 낭떠러지 위에
자리를 펼쳤는지 모를 일이다
밥을 먹는 내내 불안불안 했다
천 길 낭떠러지에 매달린 약사암
약사전 앞에 와서야
우리가 왜 그랬을까 물었다

추녀 끝 풍경소리조차
댕강댕강
아슬아슬
살면서 긴장의 끈을 놓지 마라 한다

괜찮습니까

누군가 물어본다 밥은 먹었냐고
깊이 생각해 보지 않은 밥이 뒤 따라 온다
누군가 또 물어 본다 잠잘 곳은 있느냐고
날마다 잠자리에 들면서도 생각해 보지 않은 잠자리가
뒤 따라 온다
또 누군가 물어본다 입을 옷은 있느냐고
늘 옷을 입고 다니지만 깊이 생각해 보지 않은 옷이 뒤
따라 온다
누군가 자꾸 물어본다
밥은 먹었냐고
잠잘 곳은 있느냐고
옷은 입고 다니냐고

내일

호스티스 병동 1004호

누워만 있는 민이가 신청 곡을 써 보냈다

다음 주에 오시면 플루트로 들려주세요

꿈꿀 수 없다 생각했는데

꿈을 갖게 해준 노래라고

연필로 적은 dream of my life

비로소 내일이 있다는 것을 알았다는 민이

오늘은 반듯하게 앉기조차 어렵지만

내일은 누구에게나 공평하다고

연주를 하는 동안

나는 나의 내일에 대해 꿈꾼다

김연경

자부심으로 똘똘 뭉친
그녀가 아름답다
그 어떤 집회의 선동도
종교의 독선도
정치적 야심도 없이
협찬이라 어쩔 수 없이 신어야 하는
일본 스포츠 운동화 로고를 덮고는
그 위에 대한민국 만세 라고
자필로 쓴 운동화를 신고
코트를 누볐던 김연경 선수
세계배구협회로부터
엄중 경고를 받아도 개의치 않고
72회 광복절을 스스로 기념했다
터키리그에서든
어떤 시상식에서든
태극기를 두르고 자랑스러운 걸음을
걷는
그녀가 아름답다

기다린다는 것

문 닫히는 소리에 따라
내게로 밀려오는 공기 무게가 다르다
연주 연습을 하기 위해
기다리는 시간,
꽝 —하고 들어서는 아이 앞에서
맑은 목소리를 기대하는 것은 잘못이다
더욱 무거워진 공기를 모아
가벼운 소리를 만들게 하는 것은 더 곤욕이다
한 시간이 든 두 시간이 든
어떨 땐 하루든 이틀이든
재잘재잘 입을 열 때까지
기다리고 기다려 주던,
꽝하고 문이 닫히는 순간
문안과 문밖은 어둠과 빛
얼마나 어둠 속을 걸어야 아침이 올까
한 발 한 발이 불안하지만
점점 어둠이 편안해졌던 기억
어둠 속에 웅크리고 있을 아이에게
먼저 손을 내밀어 본다

내 손을 잡아주는 손이 따뜻하다

연습이라도

혼자 있는 연습을 못 했단다
밥 먹는 것도 운동을 해도 마트를 가도
늘 붙어 다녔다는 영숙이는
공원을 한 바퀴 돌아 나갈 때까지도
손이 허전하고 눈앞이 적막하다고
이럴 줄 몰랐단다
식탁에 숟가락이 달랑 하나만 놓일 줄,
밥을 목구멍으로 넘기는 일이
이렇게 힘들고 어려운 일인지 몰랐단다
살면서 풀어야 할 이런 숙제가 있는 줄 알았다면
미리 예습이라도 했을 터인데
대뜸 어떻게 혼자서도
그렇게 밥을 잘 먹는지 묻는다
한 번도 생각해 보지 않아
대답 대신 같이 밥 먹는 상상을 해본다
그러고 보니 혼자서도 밥을 잘 먹는
나는 씩씩한가 안쓰러운가
되려 영숙이에게 묻고 싶어진다

이교재

백범도 존경했던 사람 이교재
선생은 나의 동지였다고
살아있었다면 얼싸안고 맞아 주었을 텐데 하고
아쉬움으로 가슴 아파했던 백범

상해가 세 번이라면 감옥은 네 번이요
기 꺾일 줄 있으랴만
몸은 이미 마쳤구나 아, 임이로다
겨레의 임이로다
라고 새겨진 묘비명이 말해주듯

1919년 3.1운동이 일어나자
경상남북도 일대에서 독립선언서를 배포하다
일본 경찰에 체포 3년간 복역
상해로 망명해 대한민국임시정부
경상남북도 상주대표로 군자금 모집 임무 활동을 하다
체포되어 대구지방법원에서 징역 5년 언도 복역
출옥 후 다시 상해로 망명하려다
신의주에서 붙잡혀 서대문형무소에서

2년간 복역 후 상해로 망명
다시 대한민국임시정부에서 활약하다
김구의 위임장을 가지고 국내 잠입 활동 중
또다시 체포되어 부산형무소에서 복역 중 옥사[1]
선생의 나이 47세

일제는 선생이 순국한 이후에도
형기가 남았다는 이유로
선생의 묘소에 철책을 설치하고 감시하였다 하니
강철 같은 선생의 독립 의지가 시퍼렇다

1946년 9월 17일
백범이 창원 진전면 도산리에 달려와서는
선생의 죽음 앞에
하느님이 원망스럽다고 한탄하며
선생의 고매한 인격과 지혜와
정의감과 애국심과
독립자금 모금에 관한 탁월함을

1) 한국민족문화대백과사전

만방에 알리시며
조국광복을 함께 보지 못함이
그 애통하다 하시니[2]
하늘이 갑자기 빛을 감추었도다

2) 디지털창원문화대전 창원향토문화백과

*이교재(1887~1933)

본관은 성주(星州). 자는 경두(敬斗), 호는 죽헌(竹軒). 경상남도 창원 출신. 1919년 3·1운동이 일어나자 경상남도, 경상북도 일대에서 「독립선언서」를 배부하다가 일본경찰에 붙잡혀 진주형무소에서 3년간 복역하였다. 출옥 후에 상해로 망명하여 대한민국임시정부에 가담, 경상남북도 상주대표로 임명되어 항일운동을 전개하였다. 임시정부의 밀령을 받고 국내에 잠입하여 활동하다가 일본경찰에 붙잡혀 대구지방법원에서 5년의 징역형을 언도받고 대구형무소에서 복역하였다. 출옥 후 상해로 망명하다가 신의주에서 붙잡혀 서울서대문형무소에서 2년간 복역한 뒤 다시 상해로 망명하여 대한민국임시정부에서 활약하였다. 그뒤 김구(金九)의 위임장을 가지고 국내로 은밀히 들어와 군자금을 모집하거나 정보의 수집 및 전달, 밀정의 파악 등으로 맹활약중 일본경찰에 다시 붙잡혔다. 6년의 징역형을 선고받아 부산형무소에서 복역중 1933년 2월 옥사하였다. 1963년 건국훈장 독립장이 추서되었다.(출처 : 한국민족문화대백과사전)

* 독립 활동이 얼마나 치열했는가는 김구 선생의 말을 통해서도 잘 알 수 있다. "이교재 선생은 학자고 선비입니다. 인격이 매우 고매하시고 지혜가 뛰어나시며 정의감과 애국심이 투철하신 분입니다. 상해임시정부에서 여러 번 만났는데 독립운동의 방법과 독립운동자금 모금에 관해 능력이 탁월했습니다. [중략]독립운동자금을 보내오고 연락이 자주 오다가 그만 연락이 끊겼습니다. 미처 조국의 광복을 못 보시고 순국하였으니 하느님이 원망스럽습니다." 선생의 묘비에는 그의 의로운 투쟁을 기리는 글이 새겨져 있다. "상해가 세 번이라면//감옥은 네 번이요//기 꺾일 줄 있으랴만//몸은 이미 마쳤구나//아, 임이로다//나라와 겨레의 임이로다" 선생의 묘소에 이르는 길은 죽헌로로 명명되어 이교재의 항일구국투쟁 정신을 기념하고 있다. (출처 : 디지털창원문화대전 창원향토문화백과)

이교영

4대 독립 만세 운동[3]의 주역
애국지사 이교영 선생은
1951년 8월 11일
미군에 의해 자행된 83명의 양민학살 때
삼진 하늘 높이 울려 퍼졌던
독립만세의 기개도
곡안리[4] 비명과 함께 사라졌다

선생은 해방 때까지
남부지방 대표적 독립운동가인
죽헌 이교재 선생과 함께
군자금을 모집하다 발각되어
일제로부터 손톱을 뽑히는 고문을 당하고
1919년 3월 28일 진전 고현 시장
만세운동을 주도하다
일제에 의해 체포되어 태형 90도를 선고받았다[5]

---

3) 수원 제암리 의거, 평안도 선천읍 의거, 황해도 수안 의거와 마산 삼진
   의거를 일컫는다.
4) 곡안리 민간인 학살, 한국학중앙연구원 – 향토문화전자대전
5) 『독립운동사 제3권 삼일운동사(하)』(독립운동사편찬위원회 편저)

해방된 조국은 미군의 학살을
숨기느라 바빴고 연좌제에 묶인 후손들은
감히 국가권력이 자행한 힉살을
제대로 밝히기는커녕 숨기느라 혈안이었다
삼진의거를 자랑으로 내세우는
마산시와 애국지사 발굴을 위해 노력한다는
마산보훈지청은 관심을 보이지 않았다
제3자의 신청이 없다는 이유로 선생의 독립운동
이력마저 인정하지 않았다[6]

곡안리의 총성이 앗아간
애국지사 이교영 선생은 참여정부가 들어서고
1919년 3.1독립만세운동 당시
마산 삼진의거를 주도했다는 것을 인정
2008년 대통령 표창을 받아
독립유공자로 추서되었다[7]

---

6) 다음카페 성주이씨의 쉼터 http://cafe.daum.net/interlord/dOq
7) 경남도민일보 2006년 11월 15일

이제야 곡안리 총성에 쓰러진 선생께서

벌떡 일어나시었다

＊이교영(1878~1951)

＊곡안리 민간인 학살
1950년 8월 11일 경상남도 창원시 마산합포구 진전면 곡안리 성주 이씨 재실(齋室)에 피란해있던 마을 주민 150여 명이 미군의 공격을 받아 86명이 희생된 사건. (중략) 곡안리 민간인 학살 사건은 1999년 10월 4일 『경남 도민 일보』에 보도되면서 세상에 알려졌다. 이후 경남 도의회와 마산 시의회에서 진상 규명 대정부 건의문을 채택했으며, 2005년 진실·화해를 위한 과거사 정리 기본법이 제정되고, 이 법에 의한 진실·화해를 위한 과거사 정리 위원회가 발족해 곡안리 사건을 조사한 결과 2010년 6월 30일 진실 규명 결정을 내렸다.
또한 이 사건 희생자 중 1919년 3·1 운동 당시 마산 삼진 의거를 주도했던 이교영 선생은 2008년 대통령 표창을 받아 독립 유공자로 추서되었다. 그러나 진실·화해를 위한 과거사 정리 위원회와 시민 사회 단체, 학계의 요구에도 불구하고 민간인 학살 희생자들에 대한 배상이나 보상에 대한 특별법은 제정되지 않고 있어 아직도 희생자 유족들은 국가로부터 아무런 배상이나 보상을 받지 못하고 있다. (출처) 한국학중앙연구원 - 향토문화전자대전

이진우

1910년 나라를 강탈한 일제는
식민지 정책의 일환으로
토지제도를 확립한다는 명분을 내세워
1918년까지 토지조사사업을
대대적으로 실시하였다

일제가 노린 것은
일본 자본 토지 점유 확립 확보
지세 수입 증대
식민통치 재정자금 확보를 위한 조세수입 증대
미간지(未墾地) 무상점유
국유지 창출, 소작료 수취
일본인 이민자들에게 토지 매각
일본 공업화에 따른 식량부족 해결
우리나라 소작농을 일본공업을 위한
임금노동자화[8]
영구적인 식민통치를 목적으로 시행한
토지조사사업은 온 나라를

---

8) 한국민족문화 대백과사전

뒤흔들어 놓았다

의령군 정곡면 중교동 동쪽 일대 토지는
대대로 민유지(民有地)였으나
1914년 토지조사사업이 시작되고
일제는 관행을 무시하고 경찰을 대동
임시토지조사국원을 파견하여
해당 지역 측량을 강행하였다
이에 선생은
남상순 전중진 남병우 남종우 등과
700여 명의 지역주민을 동원
토지 측량을 극렬 저지하였고
토지 측량을 안내하던
박기양을 구타 응징하였다

선생은 이 일로 일경에 체포되어
징역 2년 형을 선고받고 복역하였다
만기 출소 하였으나 옥고의
여독을 이기지 못하고 고통 속에서

생을 다 하시었다

2001년 대한민국 정부로부터

건국훈장 애족장이 추서되었다[9)]

*이진우(1864~1925)

1864년 2월 16일 경상도 의령현 화곡면 중교동(현 경상남도 의령군 정곡면 중교리)에서 태어났다.1914년부터 시작된 토지조사사업 이전부터, 의령군 정곡면 중교동 동쪽 일대의 토지는 정곡면 죽전리·성황리·예리·중교리 4개 마을의 주민들이 개간을 끝내고 지세(地稅)를 납부하며 경작해오던 민유지(民有地)였다. 그러나 일제는 관행을 무시한 체 이 지역을 인근의 토지와 함께 국유지로 편입하여 조선농업주식회사에 불하하였고 1914년 8월에는 임시토지조사사원을 파견하여 해당지역의 측량을 강행하였다.그는 이러한 사실을 알게되자 당시 정곡면장으로 재직 중이던 남상순을 비롯한 전중진·남병우·남종우 등의 지역 유지들과 함께 토지측량이 실시되면 모두 국유지로 편입되어 조선농업주식회사의 관할로 이관되고 농민들은 소작농으로 전락할 것이 명백할 것이므로 토지측량을 극력 저지하기로 뜻을 모았다.그리하여 700여 명의 주민을 집결시켜 해당 토지측량은 마을 주민의 권리를 무시한 압제의 작업이니 단연코 방해해야 한다고 취지를 설명한 후 8월 26일 및 27일 이틀에 걸쳐 경찰관을 대동하고 진행된 임시토지조사사원의 토지측량을 방해하고, 이를 안내하던 박기양(朴璂陽)을 구타, 응징하는 등 격렬하게 항쟁하였다.그는 이 일로 인하여 일본 경찰에 체포되어 1914년 10월 12일 징역 3년형을 언도받았으며, 이에 항소하여 1915년 1월 28일 대구복심법원에서 원심 판결이 취소되고 소위 소요 및 공무집행방해, 상해 혐의로 다소 감형된 징역 2년형을 언도받았다. 이후 상고하였으나 3월 25일 2심에서의 징역 2년형 판결이 그대로 적용된듯하며, 결국 옥고를 치렀다.출옥 후 옥고의 여독으로 고통받다가 1925년 12월 6일 별세하였다. 2001년 대한민국 정부로부터 건국훈장 애족장이 추서되었다. (출처 : 나무위키 이진우)

---

9) 나무위키 이진우

이태준

이 땅에 있는 오직 하나의
이 조선 사람의 무덤은
이 땅 민중을 위하야 젊은 일생을 바친
한 조선 청년의 거룩한 헌신과
희생의 기념비였다[10]

선생은 의사로 독립운동에 앞장서
몽골의 슈바이처라 불리었다
1910년 비밀결사 신민회
청년학우회에 가입하여 활동하였고
1914년 몽골에 동의의국을 설립하고
몽골 황제 어의로 활약했다

1918년 파리강화회의 참석자인
김규식에게 독립자금을 제공했으며
당시 한인사회당 비밀당원으로 활동
1920년 여름 모스크바 레닌 정부는
상해 임시정부에 200만 루블 지원을 약속했고

10) 여운형 「몽고사막 여행기」 국가보훈처 독립운동가

그중 코민테른 자금 40만 루블 운송에도 참여하였다
북경에서 김원봉을 만나 의열단에 가입하였고
마자르라는 폭탄 제조 기술자를 의열단에 소개하기도
하였다
1920년 북경을 떠나 몽골로 돌아간 선생은
백당의 난리 때[11] 참변을 당하였다

선생의 짧고 극적인 일대기는
당시 독립운동가들 사이에 널리 퍼졌으며
해방 후에는 김규식, 조소앙도 이태준을 회상하였다
선생의 독립운동은 단순히 일본에 대한
항일운동을 넘어
국적과 인종을 뛰어넘는 보편적
인간 사랑을 실천한 선구자였다[12]

---

11) 1920년 10월 운게른 부대가 중국군이 주둔하고 있던 고륜을 공략한
러시아 백위파 군대에 의해 38세의 젊은 나이로 타지에서 순국하다.
12) 국가보훈처 독립운동가

*이태준(1883~1921)

대암 이태준 선생은 의사로, 독립운동에 앞장 선 '몽골의 슈바이처'로 불리고 있다. 1883년 경남 함안에서 출생한 선생은 1910년 비밀결사 신민회의 청년학우회에 가입해 활동했고, 1914년 몽골에 동의의국를 설립하고, 몽골 황제 어의로 활약했다.

또한 1918년 파리강화회의 참석자인 김규식에게 독립자금을 제공했고, 1921년 의열단에 폭탄제조 기술자를 소개해 몽골 고륜에서 순국해 1990년 건국훈장 애족장에 추서됐다.

연세대학교의 전신인 세브란스의학교 2회 졸업생인 이태준 선생은 1919년 몽골정부로부터 의료사업 공적으로 국가훈장을 수상받았다. 세브란스의학교 재학시절 도산 안창호 선생의 권유로 비밀결사단체인 청년학우회에 가담해 활동했고, 졸업과 동시에 일제가 날조한 105인 사건이 발생되자 해외로 망명했다.

몽골 울란바토르에 정착한 선생은 그곳에 동의의국이라는 병원을 개원해 당시 몽골 전역에 퍼지던 감염병을 치료하는데 전념하면서 몽골 국왕으로부터 두터운 신뢰를 얻으면서 그의 주치의가 되기도 했다.

의열단 단원으로 활동한 그는 우수한 폭탄제조 기술자를 단체에 소개하는 등 의열단이 투쟁할 수 있도록 많은 지지를 아끼지 않았다. 그러나 몽골 고륜을 점령한 러시아 백위파 군대에 의해 38세의 젊은 나이로 타지에서 순국하고 말았다. 출처 : 시사저널(http://www.sisajournal.com)

이우식

남쪽의 쓸모없는 사람[13]이라 자청한 사람
이극로[14]를 민족의 지도자로 길러낸 주인공
일제 강점기 조선어학회 사건으로 투옥된 독립투사
민족의식이 강하지만 숨어서 선행을 베풀고
자신에게는 엄격했던 사람[15]
조선어 연구회 설립에 기여 그 사업을 후원하고
실질적인 추진을 맡는 추진위원 32인에
이름을 올린 사람
3년 완성을 계획 사전편찬 작업을 위한
긴급지원 자금 1만 원을 쾌척한
이우식 선생

만석지기 5대 독자
일본 동경 쇼쿠영어학교와 도요대학 졸업
1919년 3월 14일 의령 장날을 기해

13) 호가 남저(南樗)
14) 일제강점기 조선어사전 편찬 집행위원, 한글맞춤법 제정위원, 조선어 표준어 사정위원 등을 역임한 학자. 국어학자, 조선어사전 편찬 집행위원, 한글맞춤법 제정위원, 조선어 표준어 사정위원, 조선어사전 편찬 전임위원, 조선어학회 간사장, 건민회 위원장, 무임소상, 조국통일민주주의전선 중앙위원회 의장, 최고인민회의 상임위원회 부위원장, 과학원 후보원사, 과학원 조선어 및 조선문학 연구소장, 조국전선 중앙위 의장, 조국평화통일위원회 위원장
15) 초대 법무부장관 이인의 회고

구여순, 최정학, 김봉연 등과 만세 시위 주도

상하이 망명 1920년 귀국

안희제 김효석 등과 백산상회 설립

비밀리에 임시정부 독립운동자금 조달

1926년 시대일보사

1927년 중외일보사 설립 민족의식 고취

1929년 10월 조선어연구회의

조선어사전편찬회에 가입 재정 지원

조선어학회 기관지 『한글』 편집비 지원

1935년 이인 김양수 장현식 등과

조선어사전편찬의 촉진을 위한

비밀후원회 조직 거액 재정지원

1942년 1월 이극로 이윤재 등과 인재양성 목적

조선양사원(朝鮮養士院)을 조직하다 실패

1942년 10월 조선어학회사건으로 구속

2년 2개월의 옥고 후 출소

광복 후 조선어학회 재정 이사로 선임

1966년 영면[16]

---

16) 한국민족문화대백과사전, 다음백과, 한국학중앙연구원 - 향토문화전자대전

해방 후 『큰 사전』이란 이름을 달고
빛이 되어 세상에 나온 조선어사전,
이 땅 국어사전의 젖줄이 된 큰 사전
분단 70년 찢어진 반도를 이어주는
든든한 산맥이 된 사람
이우식 장현식 민영욱 김양수 김도연 서민호
신윤국 임혁규 김종철 이인……,[17]
땀과 눈물과 피가 밴
우리말과 우리글
누가 한글을 아름답다고만 했는가[18]

---

17) 사전편찬 후원자 분들 친구 따라 '강남' 갔다가 운명이 바뀌다 ─ 경제인이자 독립운동가 이우식 구법회의 한글사랑 블로그 http://blog.daum.net/kbh99/357
18) 2019년 경남작가 사화집 〈의령 편〉에 발표한 졸시

*이우식(1891~1966)

일제 강점기 부산에서 활동한 독립운동가
호는 남저(南樗). 아버지는 당시 의령 지방의 유일한 만석꾼인 이상두이고,
어머니는 연안 김씨이다.
이우식(李祐植)은 1891년 7월 22일에 경상남도 의령군 의령면 동동리
1053번지에서 5대 독자로 태어났다. 어릴 적에 향리에서 한학을 수학하고
도쿄[東京] 세이소쿠가쿠엔고등학교[正則学園高等学校]를 거쳐 도요대학[東
洋大學] 철학과를 졸업하였다. 일찍부터 교육에 관심을 가져 영남 인사들
을 중심으로 설립된 교남교육회에 1908년 3월 가입하였고 항일 비밀 단체
인 대동청년단에도 1909년 10월 가입하였다. 이우식은 동향의 항일 투사
인 구여순(具汝淳), 이극로(李克魯), 안희제(安熙濟)와 교류하는 사이였다.
1919년 3·1 운동이 일어나자 3월 14일 구여순, 최정학(崔正學) 등 동지들
과 의령면 3·1 운동을 주도한 뒤 상하이[上海]로 망명하였다.
귀국 후 안희제의 백산무역주식회사에 출자하여 대주주로 이사 등을 맡아
비밀리에 상해 임시 정부의 독립운동 자금을 지원하였다. 교육 운동에도
꾸준히 관심을 가지고 1920년 진주 사립일신고등보통학교 발기인으로 참
여하였고 1922년 재단 법인 설립 때 이사로도 참여하였다. 1921년 의령공
립보통학교의 증축, 1923년 의령공보야학회 등에도 후원하였다. 부산에서
는 안희제와 함께 1921년 3월 교남민립제일고등보통학교를 설립하기로 하
고 부산진구 연지동에 6만 6,000㎡[2만 평]의 학교 부지를 구하는 등 노력
하였으나 좌절되었다.
이우식은 1929년 『중외 일보』에 투자하고 안희제에 이어 사장으로 취임하
였다. 1929년 이극로의 소개로 조선어학회에 가입하고 조선어 사전 편찬
을 위한 재정을 전담하였다. 조선어학회 기관지 『한글』의 편집비를 지원하
였으며 1936년 3월 3일 조선어사전편찬후원회를 비밀리에 조직하여 거액
의 자금을 지원하였다. 또한 1930년에 원동무역주식회사를 경영하였다.
1942년 1월 서울에서 인재 양성을 목적으로 이은상(李殷相), 이극로, 이윤
재(李允宰) 등과 조선양사원(朝鮮養士院)을 조직하여 재정을 지원하였다.
이우식은 1942년 10월 18일 조선어학회 사건으로 의령에서 체포되어 함경
남도 홍원경찰서와 함흥경찰서에서 갖은 고문을 당하였다. 1945년 1월 징
역 2년에 집행 유예 4년을 선고 받았을 때 이미 2년 3개월 동안 옥고를
치렀기 때문에 바로 석방되었다. 해방 후 조선어학회 재정이사를 지냈다.
1966년 7월 5일 세상을 떠났으며 장례는 7월 8일 한글학회장으로 거행되
었다.
묘소는 경상남도 의령군 의령면 서동리에 있다. 의령군 칠곡면 외조리 작
은 도로변에 감사 시혜비가 있다.
1963년에 한글공훈상을 수상했으며, 1977년에 건국 훈장 독립장이 추서되
었다.([출처] 한국학중앙연구원 – 향토문화전자대전)

그냥

그냥이라는 말이 참 좋다

좋다거나 싫은 이유나 변명을
하지 않아도 되는 말이라

힘쎈 아이가 친구를 때렸는데
이유를 물었더니
"그냥요" 한다

머리꼭대기에 김이 확 오르도록
그냥에게 한 대 맞고
정신이 번쩍한다

꼬리치는

생선은 생선대로
더 싱싱하다 꼬리치고

상인은 상인대로
더 잘해 주겠다 꼬리치고

나는 슬며시
군침 도는 냥 꼬리치고

호객행위

내려앉는 마음 뒹굴기 전에
들길 산길 가리지 않고
오직 내 마음만 다잡으며 다녀왔는데

영혼 없는 내 모습에 마음 빼앗겼는지
도시에 대한 막연한 동경이었는지
그 곳에 두고 온 내 마음 대신
집까지 따라온 도꼬마리 몇 알

기도

생일날 먹는 미역국 속 미역
길게 먹고 명 길라고
자르지 않는다는
어미의 어미가 한
기도 같은 말 되짚으며

긴 미역 줄기 같은 아이들 퇴박은
건더기 수북한 국그릇에 말아서
너희도 자식 키워봐라
기도하듯 꼭 꼭

절기

추분이 지나도 잎은 푸르고
처서가 지나도
모기 입은 삐뚤어지지 않았는네
이상도 하지요
풀벌레 소리는
어제 울던 그 벌레가 우는데도
가슴 한쪽에
가을이 드네요

제 **3** 부

휘날리는 태극기는 우리의 표상이다

— 우리의 태극기

조선이 망하고 일제하 국난의 위기 때 저항과 애국의 상징이었던 태극기, 상해임시정부청사에서 휘날리던 태극기 우리 태극기다.

일제강점기 동안 마음 놓고 바라보는 것도 금지되어 장롱 깊숙이 숨겨둔 태극기,

가슴속에서만 펄럭이던 분노의 태극기 우리 태극기

3.1운동 전국 방방곡곡에서 폭죽 터지듯 강산을 메우던 저항의 상징 우리 태극기

8.15광복 기쁨의 깃발 광장과 거리를 메우고 나부끼던 환희의 태극기 우리 태극기

6. 25의 비극 속에서 남북을 가르고 형제를 갈랐던, 점령 고지에 꽂힌 태극기

승리의 태극기, 분단의 태극기도 우리 태극기다.

— 그들의 태극기

5 · 16, 5 · 18 독재 정권이 강요한 애국, 충성맹세의 도구였던 압제의 태극기 니들의 태극기 국기에 대한 맹세 못 외우면 집에도 안 보내주던 10월 유신 태극기 니들의 태극기

우리들의 표상이라 가르치고 니들의 총칼을 감쌌던 피 묻은 태극기 니들의 태극기

ㅡ 모두의 태극기

자유와 민주의 깃발로, 민주주의의 상징이던 박종철, 이한
열 가슴에 덮혔던 모두의 태극기

금남로 네거리 카빈총 자루에 꽂혔던 "우리도 사람이다."
모두의 태극기 자유의 태극기

모든 갇힌 것들로부터의 자유가 상징했던 6.29 광장의 태
극기 모두의 태극기

월드컵 광장의 폭죽 터지듯 나부끼던 태극기, 국기함에서
뛰쳐나와 패션이 되기도 했던 그 자유 자유의 태극기 모
두의 태극기

페이스 페인팅 핫 아이템 얼굴에도 신발에도 나비처럼 날
던 너와 나의 태극기

자유와 평등 평화 행복 가득한 곳 건. 곤. 감. 리. 하늘과
땅의 태극기, 모두의 태극기

ㅡ 그리고… 그 누구의 태극기

문재인 정부 하 광화문 광장에서 처절하게 밟혀 굴러다니
는 태극기, 짓밟히는 태극기

일징기와 욱일기와 니란히 흔들리며 우리는 하나라고 우
기는 웃기는 태극기

누구의 태극기인가

황당무계, 언어도단, 경천동지의 태극기, 어버이 이름으로

모욕당하는 굴욕의 태극기는 누구의 태극기인가?
태극기를 프로필로 달고 역사를 뒤집고 민족을 뒤엎는 무
서운 무리의 태극기 누구의 태극기?
활빈단, 애국동지회, 월남파병동지회, 해병전우회, 자유연
맹, 참전군인회, 그들이 목숨과 같다는 태극기, 그들의 태
극기는 어느 나라 국기인가? 누구의 국기인가?

— 대동 세상 민중의 태극을 찾아서
우리의 태극기, 모두의 태극기, 촛불의 태극기, 남북공동
의 태극기, 한라산의 태극기, 백두산의 태극기 우리들의
표상! 태극기를 찾아서

*
국기는 한 나라를 상징하는 깃발임과 동시에 국가의 고유
한 역사·전통·문화·종교의 정서를 담고 있다. 그런 국
기인 태극기를 우리는 일상에서 얼마나 접하고 있나. 우
리국민들이 일상 속에서 태극기를 접하는 경우는 관공서
에서 매일 같이 게양되는 태극기와 일반가정에서 국가기
념일에 게양하는 태극기 정도 일 것이다.

그러나 현재는 국가기념일에 집마다 나부끼던 태극기는
눈에 잘 띄지 않는다. 요즘은 집 대문에 태극기를 걸어놓

고 온 식구들이 함께 쳐다본다든지 국가기념일에 이웃과 함께 국기를 게양하며 기념일을 돌아보고 되새기는 계기를 갖는 일이 거의 없다.

태극기를 집 대문에 내 걸었던 때마다, 부모가 자녀에게 태극기와 관련된 역사적 이야기를 교육적으로 짧게나마하기도 했지만, 지금은 집 대문에 태극기를 게양하는 일이 많이 줄다보니, 태극기 이야기도 자연히 줄어들 수밖에 없다.

또 다른 이유는 주거문화도 한몫하고 있다. 주거 형태가 주택이 많았던 때에는, 집마다 태극기를 내걸었던 대문이 서로 바라볼 수 있어 태극기를 게양하라고 이웃끼리 챙겨주기도 했지만, 지금은 오히려 반대로 주택보다 아파트가 더 많은 시대가 되어 그런 정서가 사라졌다.

태극기를 마음대로 흔들 수 없었던 일제강점기의 설움, 해방의 기쁨과 함께 거리를 메웠던 태극기, 한국전쟁의 공포와 휴전의 안도, 민주화운동의 박해와 민주정부수립 등 태극기는 항상 국민들 마음속을 표현하는 한 의지 처로써의 기능을 해왔다.

그러나 태극기를 마음대로 흔들 수 있는, 민주시대를 맞이한 현재는 국민들의 정서를 표출하는 형태가 태극기를 흔드는데 만 국한하지 않고, 촛불집회, 침묵시위, 1인 시위 등과 특히 가장 많은 분량을 차지하는 SNS 같은 온라인 관계망과 소셜미디어 같은 온라인 콘텐츠를 통하여 서로 만나지도 않고, 대면하지 않고도 충분히 의사 개진을 통해 기존의 틀을 바꾸어 가기도 한다.

우리 속담에 "몸이 멀어지면 마음도 멀어진다."는 말처럼 태극기가 우리의 일상에서 멀어지다 보니, 태극기에 대한 존중과 필요성을 못 느끼는 것 같다. 평화의 시대에 국기는 이제 그리 애틋하고 비장한 대상이 못 되는 것이다. 하지만 내일이라도 당장 국가나 국민의 처지가 공포와 불행과 핍박과 울분에 직면한다면, 태극기는 다시 장롱에서 나올 것이다.

지금의 한국 사회는 자신이나 조직이 위태로우면 거리로 뛰쳐나와 시위하며 태극기를 흔드는 일이 흔하다. 일부는 논리가 필요치 않고 태극기만 흔들면 위태로운 나라를 구하는 기수로 생각하는 것 같기도 하다. 지금 시대는 상식적인 논리로 설득력을 얻어야 의사표출도 비난을 받지 않고, 사회질서에 혼란과 불편을 초래하지 않는 범위에서 주장과 행동을 해야 주변의 긍정적 지지를 받을 수 있다.

물을 소가 먹으면 젖을 만들지만, 물을 독사가 먹으면 독을 만든다는 말이 있다. 태극기를 몸에 감고 흔들기만 한다고 애국자가 아니다. "나 아니면 안 돼", "너는 아니야"를 걸핏하면 버릇같이 내뱉는 것은 독선이 될 수 있다. 독선은 준법을 바탕으로 하고, 사회적 상식에 부합하는 결과를 보이면서, 의사를 조정해가는 방식이 못되면서 일어나는 것이다. 독을 뿜을 수밖에 없는 타고난 몸은 환골탈태하지 않고는 젖을 생산 할 수 없다.

평화로운 나라의 국민은 국가의 지속적인 안녕을 위해 국가를 상징하는 태극기가 정쟁이나 위법한 시위와 사욕을 추구하는 자리에 펄럭이지 않도록 해야 할 것이다. 그리고 차세대가 지속적으로 일상에서 태극기를 접할 수 있는 문화를 만들어나가는 일도 태극기를 소중히 여기는 정신을 생산할 수 있는 일이라고 본다.

*

태극기는 우리나라 국기이고 민족의식과 주권 의식을 공통분모로 한 대한민국의 얼굴이다. 이 땅의 국민이면 누구나 태극기에 대해 경례를 할 때 경건하고 엄숙한 마음이 됨을 자기 스스로 잘 알 것이다.

1945년 8월 15일 일본 식민지에서 광복된 기쁨의 환호성처럼 '2002년 월드컵' 때 온 나라가 태극기의 자랑스러운 물결로 출렁이었다. 태극기를 친숙하게 잡을 수 있었던 손은 즐거웠다. 또 다른 한편으로 1950년 6·25전쟁의 비극처럼 1980년 5월 광주 민주항쟁 때 태극기를 잡았던 손은 슬픔과 아픔 그리고 자유민주주의 회복을 위해 간절하고 간절했던 절실함이었다. 1936년 제11회 베를린 올림픽 때 손기정 마라톤선수가 태극기 대신 일장기를 달고 뛰어 우승했을 때 손기정선수의 가슴에 그려진 일장기를 가리려는 그 마음과 일장기를 인쇄 핑계로 지운 신문사의 의도는 모두가 태극기에 담긴 나라 사랑의 그 실체이다.

일본에 식민지 되고 민족의식과 주권 의식이 짓밟히면서도 태극기의 강렬한 민족 자존심이 이 나라를 지켜내었다. 광복 후 목숨을 건 독립유공자 혹은 후손들에게 국가에서 그에 따른 보상이나 혜택이 뒤따르지 못했고 오히려 악독하게 친일한 후손들이 더 잘살고 있는 건 태극기의 모독이고 국민에 대한 기만행위라 할 수 있을 것이다. 일장기를 부끄럽고 수치스러움도 모른 채 저렇게 흔들고 있다는 건 친일청산을 위한 첫 단추를 잘못 끼운 이승만 정권 때 친일파들을 숙청할 반민특위가 결국 제 역할을 하지 못하고 중단되었기 때문일 것이다. 이에 비해 독일은 2차 세계대전 후 나치 전범은 시효가 없다며 지금까지도 처벌하고 있는 걸 보면 우리가 반듯이 배워야 할 교훈적 실증(實證)이다.

광화문 광장에 흔들리는 태극기를 본다. 태극기 속에 성조기 일장기 욱일기도 같이 흔들리고 있다. 저마다 잡고 흔드는 저 손들은 이 나라를 위해 자랑스럽고 절실한 것일까? 성조기를 잡고 흔드는 저 손들은 통일의 물꼬를 막고 자기 나라 이익만 챙겨가는 그들의 똘마니 노릇에 자존심도 없는 것일까? 일장기 혹은 욱일기를 잡고 흔드는 저 손들은 식민의 치욕적인 고통과 아픔도 모르는 노예근성일까? 개인의 사욕과 아둔한 생각으로 나라의 존엄성까지 짓밟는 적폐 혹은 모리배들은 대한민국의 자주와 민족성의 정체를 위해 자기 자식들 혹은 후손들께 부끄럽지도 않은 것일까.

*

코로나19 바이러스로 인해 전 세계가 난리다. 1년이면 하던 것이 벌써 2년을 치닫고 있다. 이런 상황에 맞게 사람들은 자연스럽게 자신만의 삶에 적응 중이다. 하지만 곳

곳에서 이 상황을 견디지 못하는 사람들이 또, 아우성이다. 사람이 모이지 않으면 사람의 삶이 아니다. 사람은 여러 개체가 모여 살아가기 때문에 사회를 형성한다. 그리고 국가가 있다. 그런데 코로나바이러스는 사람을 모이지 못하게 만든다. 여기에서 모여야만 하는 부류와 모이지 않아도 되는 부류와 갈등이 생기는 것은 당연하다. 그것도 일상적인 삶에서 부대끼는 갈등이라면 뭔 상관이겠는가. 그런데 태극기가 그 중앙에 서 있으니 이 태극기를 어떻게 받아들여야 할까?

코로나바이러스로 인해 대면 활동을 하지 못하는 이들 중에, 즉 온라인 환경에 적응하는 데 실패한 이들이 점점 폭력적으로 변해가고 있다는 뉴스를 접할 때마다 그럴 수도 있겠다고 생각해 봤다. 그렇지 않아도 사회는 점점 개인주의로 변해 가는데 공동체 생활을 가로막는 코로나바이러스로 인해 더 폭력적이고 편향과 독선으로 치닫는 광란의 사람들을 자주 볼 수 있다. 광장에서 집회를 열고 태극기를 흔들며 정치적 구호를 외치는 이들, 이들이 흔들고 메고 몸에 두른 태극기는 어떤 태극기로 받아 안아야 할까.

나는 이번 동인지에서 「광장의 신앙」이라는 시에서 사회 활동이 제한적인 코로나 시대이지만 '광장은 바쁘다'고 썼다. 그 광장은 공론의 장이 되는 광장이 아니라 '광기'로 가득한 광장이다. '덧칠한 화장 두께 속에 숨어 있는 민낯 같은 그림자로 꽉 채워진' 광장, 이런 광장에는 '해가 뜨지 않'고, '하루'가 어둠 속에 갇혀 있는 광장이기에 이 광장에 서 있는 태극기는 '축축'한 태극기일 수밖에 없다. 그들이 광장에서 흔드는 태극기는 태극기가 아니다. 대한민국이라는 국가를 대표하는 상징적인 태극기가 아니다. 태극기를 이용해 그들이 추구하는 그들만의 목적을 이루려는 수단에 불과하다. 그래서 여기에 태극기의 비극이 있다.

종교라는 극한 이념에, 민족이라는 국가라는 극한 이념의 상징인 태극기를 이용하는 그들에게는 애초에 국가는 없다. 국민도 없다. 오직 있는 것은 그들뿐이다. 그들에게 태극기는 그냥 그들의 요구와 목적을 숨겨주는 도구에 불과한 것이다. 이런 도구로 전락한 태극기가 불쌍하다. 어느 시인은 「태극기가 불행하다」는 시에서 '국민이 국민답지 않을 때/태극기가 불행하다'고 썼다 지금 대한민국의 광장에서 흔들리고 있는 광기로 가득한 태극기를 볼 때마다 '태극기가 불행하'면 '국민이 불행하다'는 시구가 가슴을 찌른다.

국기는 그 나라의 얼굴이다. 나라마다 국기를 앞에 두고 국민들이 취하는 행동이 다르겠지만, 마음은 한결같을 것이다. 국기를 앞에 두고 어떤 모습으로 바라보고 행동을 취하는가도 중요하지만, 마음이 어디에 가 있는가가 더 중요하다. 우리는 독재 시대를 겪으면서 국기가 곧 독재자로 인식되었던 때도 있었다. 국기에 대한 모독은 국가 원수에 대한 모독이라는 단순한 논리가 이렇게도 성립되니까 국기에 대한 모독은 그렇게 작은 것이 아니다. 어찌 그 나라 그 민족의 얼굴이 되어야 할 국기가 국가 원수 한 사람으로 단순화될 수 있을까. 그때는 그랬다. 그래서 국기 앞에 서면 막연한 두려움이 있었지 싶다.

국기 앞에 섰을 때 두려움이 아니라 푸근함이 온화함이 더하여 경건함으로 치솟을 때 국기가 진정한 국민의 친구가 되지 않을까. 국기는 국가 원수를 지칭하지 않는다. 물론 국가를 대변하는 국가 원수는 국기와 동일시되기도 한다. 하지만 국가 원수를 넘어 한 나라와 민족을 상징하는 국기가 진정한 국기의 의미이지 않을까. 이런 국기 앞에서 어찌 두려운 마음이 생길 수 있겠는가. 국기 앞에 서기만 하면 가슴 밑바닥에서 우러나는 무어라 단정 지어 말할 수 없는 감정이 국기에 대한 마음일 것이다.

이러한 감정의 표출이 3·1 만세운동이요. 8·15광복의 기쁨일 것이다. 이러한 때에 국기는 단순한 국기가 아니라 국기를 보기만 해도, 국기를 손에 쥐기만 해도, 국기를 장대에 묶는 행위 하나하나가 국기와 내가 동일시되고, 국기를 통해 하나의 국가 하나의 민족임을 나타내는 것이기에 어떠한 말이 필요치 않다. 말을 하지 않고도, 피가 흐르듯이 전달되는 민족의 동질성이 이럴 때 느끼지 싶다.

또한, 우리는 암울했던 일제강점기 때는 그래도 하나의 민족이요 하나의 독립된 주체로서 태극기를 바라보고 가슴속에 간직할 수 있었지만, 한국전쟁이라는 초유의 사태를 겪고서는 태극기가 정치적 반대파를 몰아내는 척도에 서 있었다는 것은 비극이 아닐 수 없다. 그렇지만 우리는 독재 시대를 넘어 어느 정도 민주화를 이루어 냈다. 이제는 누구도 쉽게 정치적 반대자를 숙청하는 일에 태극기를 끌어들이지는 못할 것이다.

하지만, 아직도 청산하지 못한 친일잔재가 사회 곳곳에 남아 깊은 뿌리를 내려 열매를 만들고 있다. 그 푸른 독기들을 뽑아 버리지 않는다면 언제든지 역사가 말해주는 인간의 나약함이 만든 결과처럼 자신의 가슴에 칼을 꽂을

지 모른다. 썩은 환부를 도려내야 한다. 지금은 용서할 때
가 아니다. 관용과 용서를 말하는 이들의 뒤가 왜 구린지
알고 있기 때문이다. 그래서 그들이 더 광장에서 태극기
를 흔들고, 태극기 뒤에 숨어 자신들을 내세우고 있다.

국기를 이용하는 자들의 면면을 우리는 잘 알고 있다. 그
래서 더더욱 역사의 반역자들을 철저히 응징해야 할 이유
가 그곳에 있다. 자신들이 저지른 부끄러운 역사 앞에 가
슴 저 밑바닥에서부터 사죄한 이만이 관용과 용서라는 단
두대에 설 자격이 있다고 본다. 그들은 국기 앞에, 태극기
앞에 서서 용서를 빌어야 한다. 부끄러운 과거를 낱낱이
고해야 한다. 그때서야 비로소 태극기가 그들을 품어 줄
것이다.

민주주의 병폐는 방종을 자유라고 우기며 덤비는 이들
을 어떻게 할 마땅한 방법이 없다는 데 있다. 언론의 자
유, 집회의 자유, 결사의 자유, 단결의 자유, 원래 이런 이
름들은 약자의 이름 앞에 붙어 있어서나, 언젠가부터 기
득권자들 앞에 이런 이름이 붙기 시작했다. 이런 이름 앞
에는 언제나 나라를 상징하는 국기가 펄럭이고 있다. 이
들에게는 국기에 대한 존엄성 같은 것은 없다. 그저 자신
의 안위만 있을 뿐이다. 이런 이들을 보호해야 하고, 이런

이들에게도 자유의 이름으로 국가와 민족 앞에 서 있어도 된다는 게 민주주의라면, 민주주의는 개나 주는 게 좋을 것이다.

*

태극기하고 입안에 되새김질해본다. 떠오르는 것은 '나라'도 '국민'도 '독립'도 아니었다. 국경일에 태극기를 대문 앞에 달아야 한다는 당위성 같은 것도 아니었다. 아무리 어릴 적 기억을 더듬어도 태극기에 관한 기억이 없다. 처음 학교에 입학하던 날 아마도 태극기가 하늘 높이 매달려 있었겠지만, 태극기에 관한 기억은 없다. 무서운 선생님 정도의 기억, 입학 후 학교는 등교와 하교가 태극기였다. 마을마다 깃발을 든 고학년의 인솔하에 줄을 서서 등교하면 운동장 중앙에 있는 높은 교단 앞에 서서 태극기를 향해 가슴에 손을 얹고는 국기에 대한 경례, ─나는 자랑스런 태극기 앞에 조국과 민족의 무궁한 영광을 위하여 몸과 마음을 바쳐 충성을 다할 것을 굳게 다짐이 끝나면, 교실로 들어갔다.

그냥 그랬다. 무슨 애국이니 충성이니 이런 말이 있었던 것 같았지만 잘 생각나지 않는다. 그리고 태극기가 강렬하게 눈에 들어 온 것은 철공소에 다니고부터였다. 1979

년 마산에는 박정희독재 정권을 무너뜨린 부마항쟁이 있었다. 열다섯 살 나는 철공소 시다였다. 뉴스는 '부마사태'라며 연일 데모 하는 이들을 성토했다. 아침에 출근한 형들이 어젯밤 있었던 데모 이야기를 했다. 형들이 나누는 이야기를 들으면 데모가 무엇인지 궁금했다. 독재 타도를 외치는 이들의 손에도, 마이크를 앞에 두고 티브이 속에서 근엄하게 나라의 운명이 어떻고 하는 이들의 뒤에도 어김없이 태극기가 있었다. 그리고 대통령이 죽었다. 죽은 대통령도 태극기에 덮여있었다.

그리고, 1980년 광주, 광주는 온통 태극기였다. 달리는 트럭, 폐허가 된 건물, 불타는 버스, 불타는 거리, 불타는 도시, 관을 덮고 있는 태극기, 태극기로 꽉 찬 티브이, 온 나라가 태극기였다. 태극기도 같은 태극기 아니었다. 태극기를 흔드는 이가 누구냐에 따라 죽을 자와 산자가 결정되었다. 똑같은 태극기를 앞세워도 적과 아군처럼 명확하게 구분하는 이가 다른 데 있었다. 태극기는 태극기가 아니었다. 가슴에 어깨에 태극기가 빛났지만, 어느 것이 진짜 태극기인지 그때는 알 수 없었다.

태극기하고 입안에 되새김질해본다. 이리도 태극기가 내 몸과 마음 가까이 와 있었던 때가 없었다. 누가 강요하지 않았지만 내가 서 있는 마산이라는 땅과 그 땅에서 샘솟았던 역사적인 사건이 몸으로 마음으로 알아내게 만들었다. 어디에 서야 사는지, 죽는지에 대해서, 이런 내 몸의 반응이 훗날 노동조합 활동으로 이어져, 태극기를 앞세우는 이들을 의심의 눈초리로 보게 했는지 모른다. 아니 배척하게 했지 싶다. 그래서 친일을 한 이가 작곡했다는 '애국가' 대신 '임을 위한 행진곡'을 불렀고, 엄연히 국가를 위해 목숨을 바친 훌륭한 이들이 있었지만, 그들에게 묵념하는 대신 노동 열사들에게만 묵념했다. 태극기, 민족, 국가, 이런 단어들을 대할 때 고개를 먼저 끄덕이는 대신 젓게 했다.

국기가 국가의 상징이 되었을 때 국기는 국민의 행복과 함께해야 하지만, 청산하지 못한 역사 앞에서 국기는 국민을 불행으로 몰아넣는 데 앞장섰다. 흑과 백으로 선택을 강요하는 군사 독재자들이 국민의 삶을 억누르는 데 앞장섰다.

대한민국은 민주공화국이다. 국가의 권력은 국민에게서 나온다. 대한민국 헌법을 자의적으로 해석한 이들이 불행하게도 아직 광장에서 태극기를 흔들고 있다. 성조기를 일장기를 흔들며 대한민국 국기를 불행하게 만들고 있다.

국기가 국민의 불행 앞에 서 있는 것이 아니라, 행복 앞에 서 있을 때 국기는 진정한 국가의 상징이 된다. 누가 태극기를 부정하는지 보라. 지난 역사가 말하고 있다.

■ 동인 소개

* 김성대

경남 마산에서 태어나 2013년 『경남작가』로 작품 활동을 시작하였으며, 시집으로 「나에게 묻는다」가 있다. 2020년 제1회 〈부마민주항쟁문학상〉을 수상하였다.

* 노민영

경남 마산에서 태어나 2005 『경남작가』로 작품 활동을 시작했다.

* 박덕선

경남 산청에서 태어나 무크지 『살류주』, 『여성비평』으로 등단, 시집으로 『꽃도둑』이 있다.

* 배재운

경남 창녕에서 태어나 2001년 제10회 〈전태일문학상〉을 수상하였으며, 시집으로 『맨얼굴』있다.

* 이규석

경남 함안에서 태어나 1987년 〈고주박동인〉으로 작품 활동 시작했으며 시집으로 『하루살이의 노래』, 『갑과 을』이 있다.

* 이상호

경남 창원에서 태어나 1999년 〈들불문학상〉을 수상하였으며, 시집으로 『개미집』, 『깐다』가 있다.

* 정은호
경남 진주에서 태어나 1999년 〈들불문학상〉을 수상하였으며, 시집으로 『지리한 장마 그 끝이 보이지 않는다』, 『방바닥이 속삭인다』가 있다.

* 최상해
  강원 강릉에서 태어나 2007년 『사람의 문학』으로 작품 활동을 시작했으며, 시집으로 『그래도 맑음』, 『당신이라는 문을 열었을 때처럼』이 있다.

* 허영옥
경남 의령에서 태어나 2003년 『경남작가』로 작품 활동을 시작했으며, 시집으로 『그늘의 일침』이 있다.

* 표성배
경남 의령에서 태어나 1995년 제6회 〈마창노련문학상〉을 받으며 시를 쓰기 시작했다. 시집으로 『아침 햇살이 그립다』, 『저 겨울산 너머에는』, 『개나리 꽃눈』, 『공장은 안녕하다』, 『기찬 날』, 『기계라도 따뜻하게』, 『은근히 즐거운』, 『내일은 희망이 아니다』, 『자갈자갈』 등이 있으며, 시산문집으로 『미안하다』가 있다. 제7회 '경남작가상'을 받았다.

■ 〈객토문학〉 동인지 및 기획시집

- 제1집 『오늘 하루만큼은 쉬고 싶다』 도서출판 다움(2000)
- 제2집 『퇴출시대』 도서출판 삶이보이는 창(2001)
- 제3집 『부디 우리에게도 햇볕정책을』 도서출판 갈무리 (2002)

  배달호 노동열사 추모 기획시집 『호루라기』 도서출판 갈무리(2003)
- 제4집 『그곳에도 꽃은 피는가』 도서출판 불휘(2004)
- 제5집 『칼』 도서출판 갈무리(2006)

  한미FTA 반대 기획시집 『쌀의 노래』 도서출판 갈무리 (2007)
- 제6집 『가뭄시대』 도서출판 갈무리(2008)
- 제7집 『88만원 세대』 도서출판 두엄(2009)
- 제8집 『각하께서 이르기를』 도서출판 갈무리(2011)
- 제9집 『소』 도서출판 갈무리(2012)
- 제10집 『탑』 도서출판 갈무리(2013년)
- 제11집 『통일, 안녕하십니까』 도서출판 갈무리(2014년)
- 제12집 『희망을 찾는다』 도서출판 갈무리(2015년)
- 제13집 『꽃 피기전과 핀 후』 도서출판 갈무리(2016년)
- 제14집 『봄이 온다』 도서출판 갈무리(2018)
- 제15집 『가까이서 야하게 빛나는 건 별이 아니다』 도서출판 두엄(2019)
- 제16집 『시작은 전태일이다』 도서출판 수우당(2020)
- 제17집 『태극기 전성시대』 도서출판 수우당(2021)